孤獨，是不需要經過翻譯就能被所有人理解的語言。每個女孩都曾經幻想自己穿上某件洋裝就能改頭換面；校外教學前，大家都會擔心坐上遊覽車時旁邊會是誰；還有坐在教室裡盯著牆上的鐘，想著這一天有多長、在學校裡還要多久……

——《紐約時報》書評推薦

當讀者看到伊蓮的成長經驗，會很有共鳴；她忽視那些欺負她的人，並懂得什麼樣的人才值得擁有她的友誼。

——《學校圖書館周刊》推薦

作者以詩意的表現成功捕捉伊蓮心痛的孤獨感覺，這是一個極為美麗的故事。

——《號角圖書》推薦

《簡愛，狐狸與我》喚起我的一段學生時期記憶，有點灰暗卻很動人，那麼的真實具體，每個角色都能輕易的對號入座。灰階畫面像一部格放電影，無聲的，更能專注欣賞；看似隨興的筆觸卻是精心的佈局，它是詮釋孤獨意境之中最美的繪本。

——南君（插畫家及藝術家）推薦

獻給　阿蕾莎——F. B.
　　　　佛瑞德——I. A.

簡愛，狐狸與我

Jane,
le renard
&moi

國家圖書館出版品預行編目 (CIP) 資料

簡愛、狐狸與我 / 芬妮・布莉特 (Fanny Britt) 文；
伊莎貝爾・阿瑟諾 (Isabelle Arsenault) 圖；黃筱茵
譯 . -- 初版 . -- 新北市：字畝文化創意出版 / 遠足文
化發行，2017.03
　　面；　　公分
譯自：Jane, the fox and me
ISBN 978-986-94202-7-3(精裝)

885.359　　　　　　　　　　　　　　106003952

Thinking 008
簡愛，狐狸與我 Jane, le renard&moi

文／芬妮・布莉特 Fanny Britt　　圖／伊莎貝爾・阿瑟諾 Isabelle Arsenault　　譯／黃筱茵

字畝文化創意有限公司

社長／馮季眉　編輯總監／周惠玲　責任編輯／吳令葳　編輯｜戴鈺娟、徐子茹、許雅筑、陳曉慈

封面設計／三人制創　內頁編排／張簡至真

讀書共和國出版集團

社長｜郭重興　發行人兼出版總監｜曾大福 業務平臺總經理｜李雪麗

業務平臺副總經理｜李復民 實體通路協理｜林詩富

網路暨海外通路協理｜張鑫峰　特販通路協理｜陳綺瑩

印務經理｜黃禮賢　印務主任｜李孟儒

發行／遠足文化事業股份有限公司　　地址：231 新北市新店區民權路108-2號9樓
　　　　電話：(02)2218-1417　傳真：(02)8667-1065　電子信箱：service@bookrep.com.tw
　　　　網址：www.bookrep.com.tw　郵撥帳號：19504465 遠足文化事業股份有限公司
　　　　客服專線：0800-221-029

法律顧問／華洋法律事務所　蘇文生律師　印製／通南彩色印刷有限公司

2017年03月29日　初版一刷　2021年05月　初版八刷 定價：450元　書號：XBTH0008　ISBN：978-986-94202-7-3

簡愛，狐狸與我

文／芬妮·布莉特

圖／伊莎貝爾·阿瑟諾

譯／黃筱茵

今天，我哪裡都沒辦法躲。

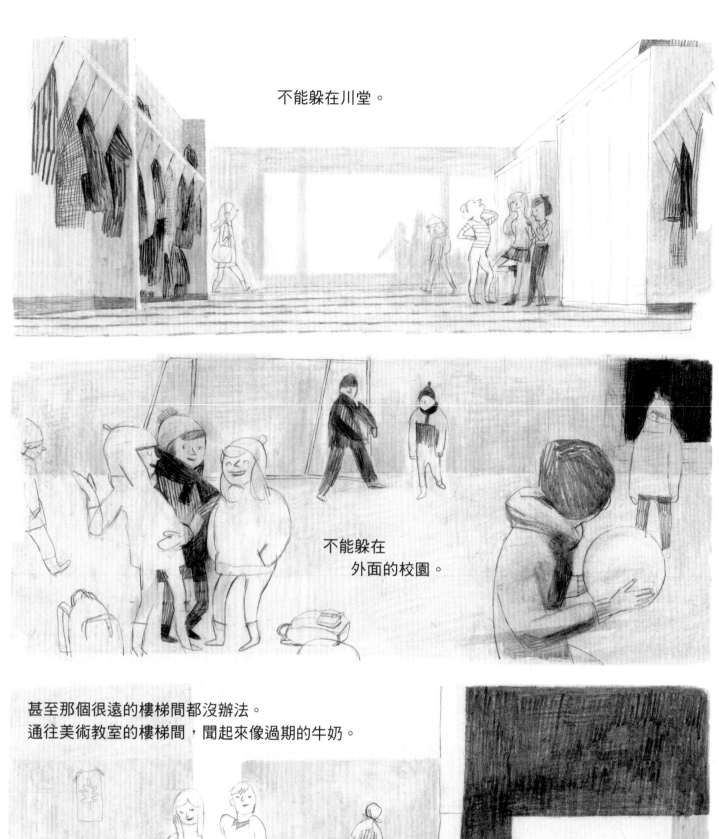

不能躲在川堂。

不能躲在
外面的校園。

甚至那個很遠的樓梯間都沒辦法。
通往美術教室的樓梯間,聞起來像過期的牛奶。

不管走到哪裡，那些人都在。
他們寫在牆上的壞話也都在。

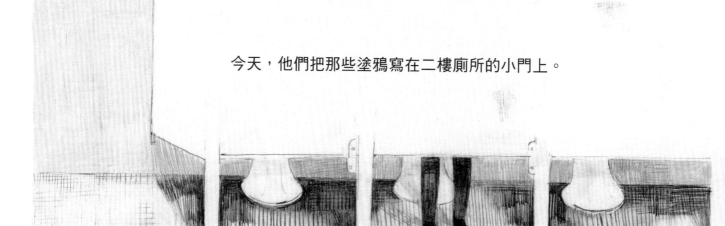

今天，他們把那些塗鴉寫在二樓廁所的小門上。

伊蓮
116公斤！

還有，

她有狐臭！

這些八成都是傑妮薇的作品。
她從不失算。只要是她做的，
我都知道。

如果是安茱莉，寫下來的東西
會比較像「她友狐臭。」
一定是這樣。

以前她們都不是這樣的。　　傑妮薇　安茱莉

莎拉　克蘿依
我們最愛紗裙洋裝了。

紗裙洋裝的款式就像購物頻道上的
老歌精選，一直把歌曲清單往下拉，
都還看不完；

也讓我想起電影《青春傳奇》（La Bamba）裡，
瓦倫斯的女朋友堂娜，她復古又美麗。

要買到好洋裝，就非得要到古董商店裡，
才能挑出最漂亮的那件。
那獨一無二的洋裝，
聞起來會有樟腦丸的味道。

還一定得花大錢。大把大把的鈔票。

今天穿紗裙太冷了。今年冬天就像不受歡迎的訪客，他待太久了。

這種天氣在舍布魯克*等公車，就像等待死亡。

或者是我想像中，那種等待死亡的感覺。

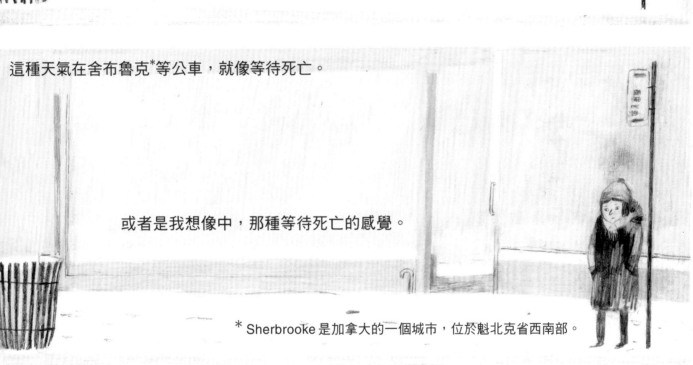

* Sherbrooke 是加拿大的一個城市，位於魁北克省西南部。

安茱莉已經不跟我一起搭公車了。
莎拉和克蘿依也是。

這段時間以來，我都自己搭車。
連在「**伊蓮 116 公斤！**」
塗鴉出現之前也是。

因為他們寫了那些話：

不要跟伊蓮講話，
她已經沒朋友了！

15

我上了公車，拿出我的書。

它是我讀過最棒的書，雖然我才剛讀到一半而已。

這本書叫《簡愛》，作者是夏綠蒂·勃朗特，她的「特」是特別的「特」。

女主角簡愛在維多利亞女王時代住在英國。

她是一個孤女。可怕又有錢的舅媽收養了她。

舅媽誤會她是說謊的騙子，就把她鎖在鬧鬼的房間裡。即使她根本沒有說謊。

後來簡愛被送到寄宿學校。

在那幾年裡，她都只能吃燒焦的麥片和咖啡色的燉菜。

但她長大後還是變得機智、苗條又聰明。

她在一間名叫桑費爾德的巨大別墅找到家教工作。
英國的房子都有取名字。
桑費爾德的燉菜顏色沒有那麼深，那裡的人也沒有那麼簡單。

我目前只讀到這裡。

一般來說，從家裡到學校的車程之間，
我可以讀十三頁左右。

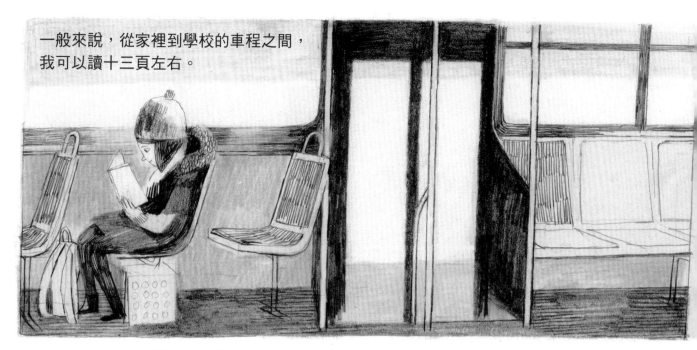

如果傑妮薇也在車上，我會因為聽到她和那些男生在後面偷笑被干擾，
只顧著翻頁，卻沒真的讀進書上寫了什麼。我的心臟會砰砰作響。

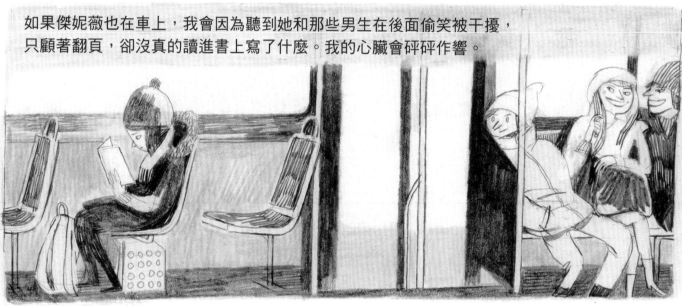

雖然我的想像力能像爬藤植物一樣蜿蜒，但我還是常常為了她亂編的那些話而難過。

每次都會有同樣的感覺──
我的肋骨又裂開一個洞。

我什麼都聽見了，

也什麼都沒聽見。

回到《簡愛》這本書。

媽媽幫我做了一件紗裙洋裝。

我永遠沒辦法存到足夠的錢，常常走在街上就把錢花掉了，
因為那間轉角的商店有賣覆盆子口味的口香糖。

我的那件洋裝是橘色的，
上面有粉紅色的點點，
還有肩帶。

某一天晚上，縫紉機喀噠喀噠的聲音伴我入睡。
隔天早上一起床，
就發現那件洋裝掛在我的門把上。

每次我都會想像媽媽彎著腰，
坐在古老的勝家牌縫紉機前，工作到半夜。

她必須先做晚餐，

洗衣服，

陪兩個小弟做完功課，

準備明天需要的檔案。

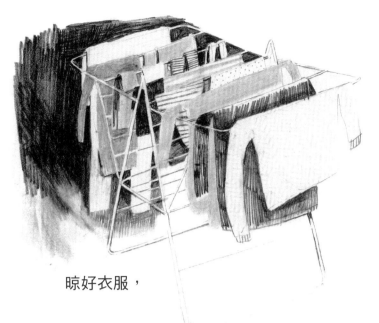

晾好衣服，

準備明天的午餐，

換好唱盤上的唱針，

把我們全都送上床睡覺，

摺好衣服，

換好爐子上的保險絲——
對的，就是那個爐子上的保險絲。
我們永遠只用那口爐子。誰曉得為什麼呢？
它的工作效率比較高吧！

到了半夜，
她的眼睛變成紅紅的，她的頭髮用不對稱的髮夾盤了起來。
洗衣機上擱著她今天的第八杯黑咖啡（早就涼掉了）。
我們總是把那間小小的洗衣間稱為縫紉室，聽起來充滿活力。

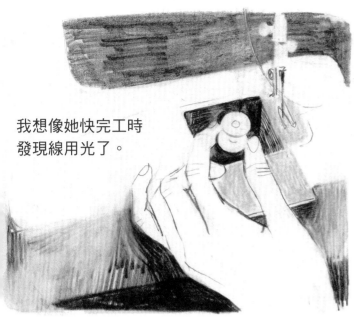

我想像她快完工時
發現線用光了。

她必須更換線軸。

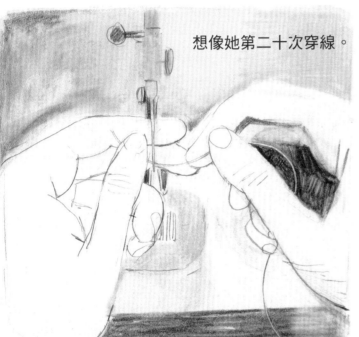

想像她第二十次穿線。

她大聲對自己說（說不定有人會聽見
她的話，雖然所有人都已經上床睡覺了）：

我快累死了！

我盯著自己身上全新又美麗的
紗裙洋裝：我的新洋裝，
一絲絲樟腦丸的臭味
都沒有。

只可惜，有一點鬆鬆垮垮。

簡愛長大以後變得機智、苗條又聰明。沒有人再叫她騙子、小偷或是醜小鴨。
她擔任愛黛兒的家教，這個小女孩很愛她。
就算簡愛只有三件很普通的洋裝，女孩還是一樣很愛她。
愛黛兒常常讚美簡愛，說她很聰明。

連羅徹斯特先生也這麼覺得。

他是這個家的男主人，比簡愛稍微年長一點，感覺很神祕，
有一對引人注目的眉毛。夜晚，他總是要簡愛去火爐旁邊跟他談話。
簡愛機智、苗條又聰明，她明白自己跟其他人並沒有什麼不一樣的地方。

春天來了，我們開始在陽臺種花。
再不到兩個月就要放假了，
卻像是等一輩子那麼久。

我媽再一次戒菸了。

有時候天氣好到
我願意從學校走回家。

走到家時，我已經滿臉通紅。頭髮濕到都黏在頭皮上了。

我告訴自己，因為走了這麼多路，可以吃些糖。

有一天早上的課堂，
老師宣布了一件事。

兩個星期後，
是你們的校外自然之旅，
會有射箭和露營活動，
還可以在湖裡游泳！

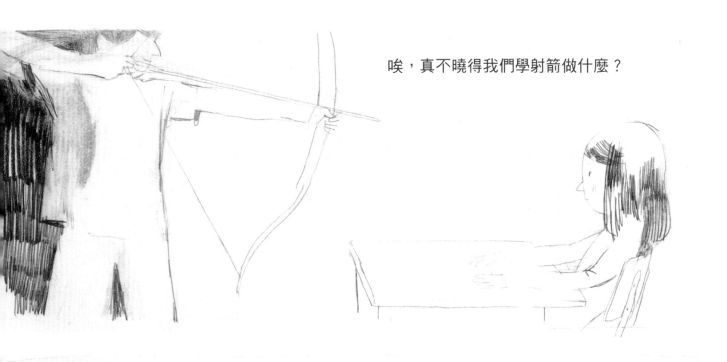

唉，真不曉得我們學射箭做什麼？

但是已經沒什麼好說的了，
活動都已經安排好了。
四個晚上。
四十個學生。
我們全班。

傑妮薇、
莎拉、
安茱莉、
和克蘿依……

每個人都會去。

還有露西亞‧瑪妮茲也會去，
她才剛搬到蒙特婁，法文都還不會講。

還有賈許‧里茲特，他討厭戶外，
太多新鮮空氣了，而且路上的車子太少。

還有馬克‧施沃茲，
他對所有東西都過敏。

甚至……還有我。

根本爛透了，我們又沒有選擇。
這個活動是學校募款基金會送給學生的禮物。

課堂上，我們做了一張
超大卡片，上面寫著：

感　謝
您們的贊助！

露西亞
里茲特　傑妮薇
安茱莉

我簽好名字，放下筆，
我的手和筆，
都因為流汗而變得滑溜溜。

週六，媽媽把兩個弟弟託給鄰居聖西爾斯一家，

然後我們走路到公車站。

我們等公車，

搭公車，

然後又走了
一段路。

我們到市中心做例行的
春季大採購。

搭手扶梯到哈德遜灣購物中心三樓。

我們來到泳裝部。

我需要新泳衣。

店員告訴我們，今年流行海洋風。

條紋是流行的重點：
海軍藍配奶油色、紅配白、綠配藍。
有花樣貼在船舵上，
加上小小的水手絨球裝飾。

店員向我們展示
一款泳衣，她說：

這件很
吸睛呢！

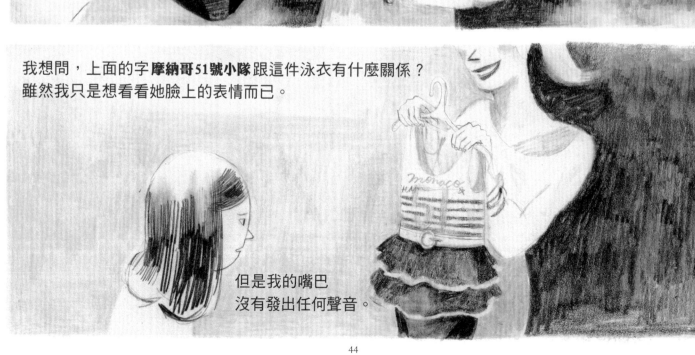

我想問，上面的字 **摩納哥51號小隊** 跟這件泳衣有什麼關係？
雖然我只是想看看她臉上的表情而已。

但是我的嘴巴
沒有發出任何聲音。

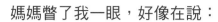
媽媽瞥了我一眼，好像在說：

真是腦殘啊……

我好想抱住媽媽的腿，送她一個大親親。
就像小時候，當她把我從幼稚園接回家時一樣。

不過我沒有……

她找到另一件她覺得適合的泳衣。
一件全黑色的厚斗篷泳裝，看起來慘兮兮。

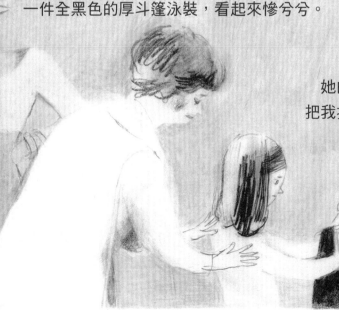

她的表情很抱歉，
把我推進更衣室裡。

穿摩納哥 51 號小隊泳衣的我，就像一根芭蕾舞伶香腸。

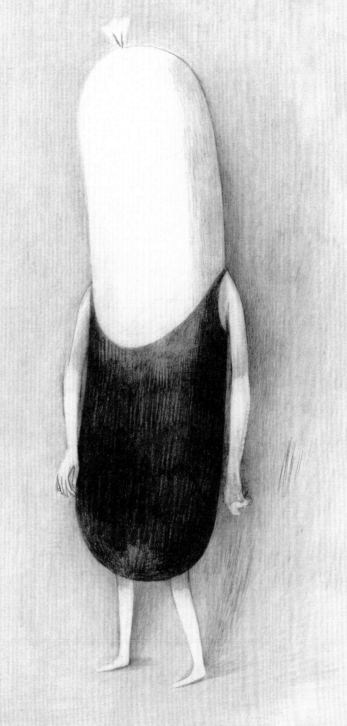

穿黑色泳衣的我，則像一根殯儀館香腸。
反正我就是一根香腸。
簡愛或許是孤兒，她非常樸素、孤單，甚至被虐待、被遺棄。
但是她不是、從來不是，永遠也不會是：一根肥肥的大香腸。

我說謊，我在鏡子前面凍結了。

我不曉得媽媽是不是覺得我很丟臉，

或許她只是受夠了購物中心？

我們走出購物中心時，袋子裡裝著一件大號的帆船森林綠色泳衣。
我要媽媽買冰淇淋給我吃。

每次我們去冰淇淋店時，
我都點同樣的口味：裹著巧克力的雙色甜筒，
很好吃。

媽媽總是點黑咖啡。

簡愛很快發現，自己已經愛上了桑費爾德莊園的主人——羅徹斯特先生。
為了讓自己不要那麼愛他，她強迫自己畫了一幅自畫像。
然後又畫了一幅英格蘭小姐的畫像。她是一個家財萬貫又高傲的年輕女人，
一直想嫁給羅徹斯特先生。

她把英格蘭小姐畫得柔軟、粉嫩，帶有光澤。
她自己則是：沒錢沒勢，也沒有未來的平凡女子。
她對自己毫不手下留情，自畫像裡的一切看起來都很黯淡。

然後，她故意耗費一整晚仔細研究這兩幅畫像，
好讓這兩種不同的形象，永遠刻在她的心底。

面對生活，每個人都需要自己的
一套方法，簡愛也是。

有時候，我媽媽會邀請她朋友來家裡吃晚餐。

露絲

蘭妮

瑪莎

阿妮塔

傑哈德

我就趴在客廳地板做功課。

我用一隻耳朵聽他們從廚房裡傳來的聲音，用另一隻耳朵聽媽媽收音機裡的音樂。
最近是凱特和安娜·瑪格利哥＊，我聽著他們一遍又一遍的播放，

＊ Kate and Anna McGarrigle，七〇年代加拿大知名民謠樂團。

就像一個輪子……

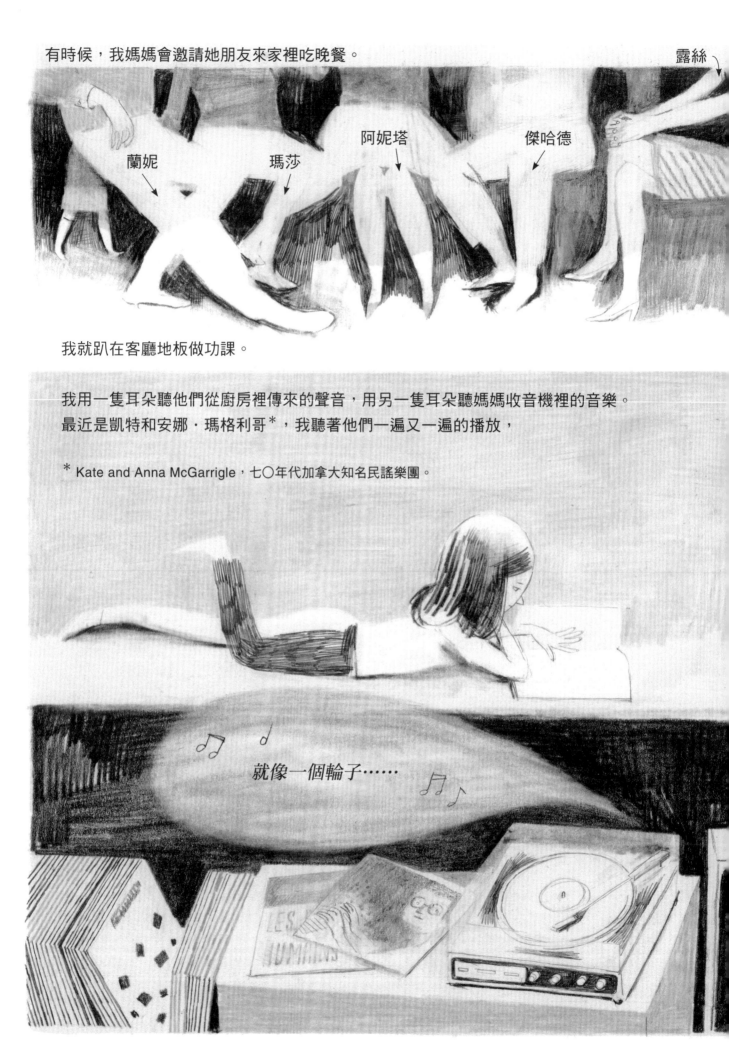

我一邊聽他們唱歌，

一邊把自己想像成一名
美麗又固執的歌手，

帶著希望與吉他環遊世界，

想像在一片原始森林，長滿粗曠的松樹。

……他們不會知道……

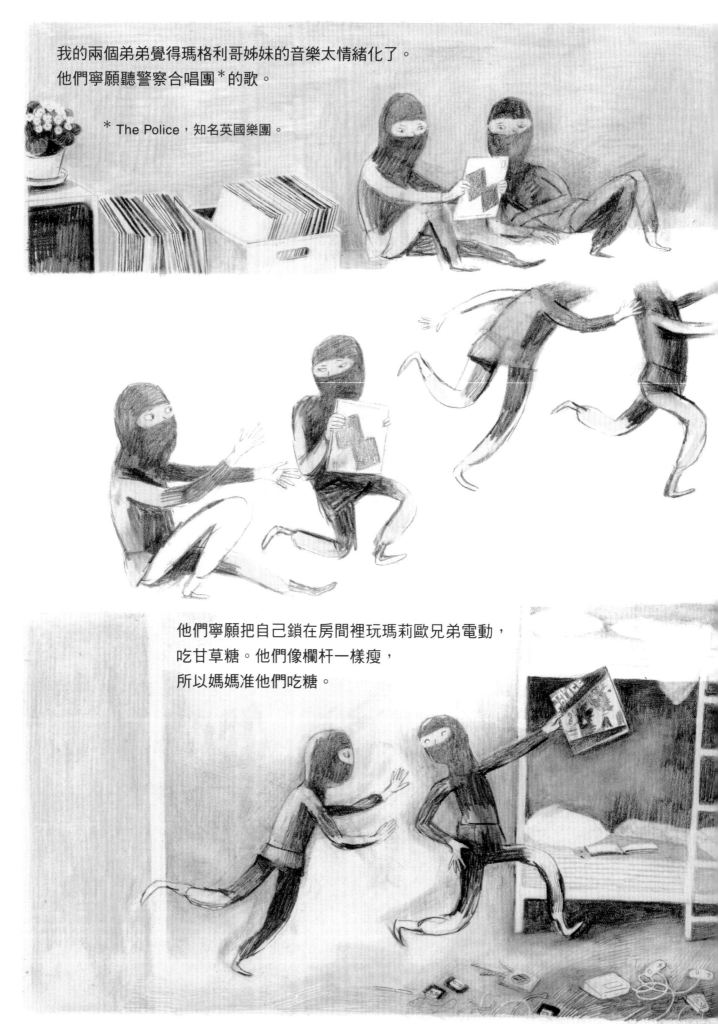

我的兩個弟弟覺得瑪格利哥姊妹的音樂太情緒化了。
他們寧願聽警察合唱團＊的歌。

＊ The Police，知名英國樂團。

他們寧願把自己鎖在房間裡玩瑪莉歐兄弟電動，
吃甘草糖。他們像欄杆一樣瘦，
所以媽媽准他們吃糖。

今天晚上，
阿妮塔和露絲開心得哇哇叫的聲音，
橘色流蘇的檯燈下閃爍的喜悅，小羊腿排，
媽媽收音機裡的音樂，

這所有美好的一切能幫我忘記明天嗎？
明天就必須搭上巴士，和其他四十個穿著短褲的小孩，
一起到卡那瓦那湖*去。

這四十個人之中，沒有一個是我的朋友。

* Kanawana，一處營地，位於魁北克。

57

我的計畫是，坐上車之後，我要整路看書，把它當成唯一重要的事。

當我們來到露營區的停車場，當「小團體」快要成形的時候——

女孩子們、

男孩子們、

勢利鬼們、

書呆子們、

怪咖們、

然後是廢柴們——

我的計畫是，假裝自己一直在找包包裡的東西，
直到發現自己已經……

被歸類在廢柴一群。
真好笑，那些人那都跟我做同樣的動作。

在廢柴們的帳篷裡,

有我和露西亞·瑪妮茲,

蘇珊娜·利普斯基。

我的一貫做法是:不斷假裝整理包包裡的各種東西。

我到營火旁邊時，男生正唱著：

碰！啪答碰！啪答碰！

我的反應是，輕輕微笑。

心裡一面想著：
這些人到底是
傻蛋還是呆子呀？

然後，等他們一轉身，

我就快跑，
快跑，
快跑。

廢柴們的帳篷離主場最遠。
從那裡到這裡，
就像來到不同的國家。

感謝老天！

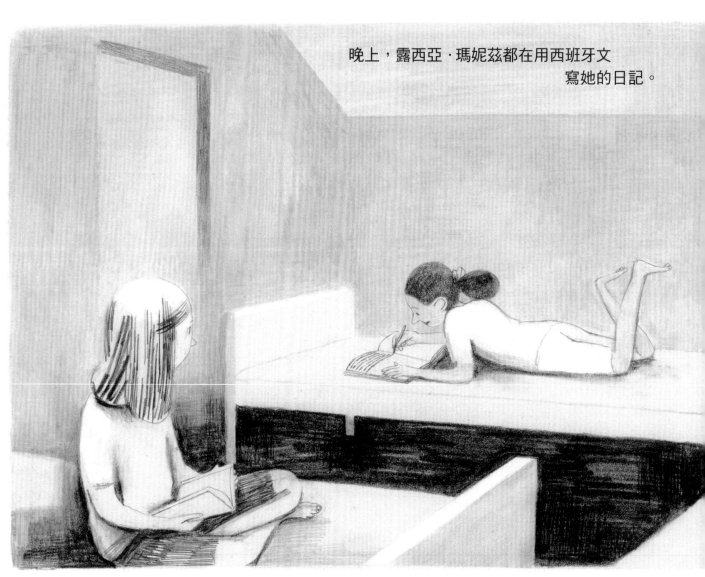

晚上，露西亞‧瑪妮茲都在用西班牙文
寫她的日記。

我很好奇
她都寫些什麼？

可是我又不好意思問她。
隨便她吧。

真不知道她的日記裡
有沒有提到我？

我很肯定，
蘇珊娜‧利普斯基的日記一定沒有提到我。

她每天晚上光是忙著梳她那頭
茂密的頭髮一百下，
時間就不夠用了。

然後她還小心翼翼的，
把所有衣服摺好，
再放進行李箱裡。

再努力清她的角質層。

那天早上，我們吃的東西，
根本就像從簡愛的寄宿學校
裡端出來的食物。

實在太噁心了……
但是我就跟其他人一樣餓。

再加上沒有什麼
其他方法，能讓你看起來
比吃東西還要忙。

嗝呃呃呃呃！！

我的心臟暫停跳動。
我等待著，

我等待著，有人救我，
或是跟著笑我？

如果我運氣夠好的話，
乾脆叫世界末日立刻來臨吧！

有任何事情發生。

這時候，就那麼一秒的瞬間，
我突然看見一個深色頭髮女孩的湛藍眼眸——
她凝視著我，看起來很困擾。

我的心臟又恢復跳動。
此時她已經垂下雙眼，
這不是好主意，她可能會被其他人發現——
她感受到了
我的痛苦。

然後，像經過了一個世紀那麼久，
有個人（叫什麼跳跳還是雷達的，還是什麼奇怪綽號的輔導員）大喊：

你們，不要在這裡遊蕩！

然後他拍拍手，
趕走人群，嘴裡唱著……

就是狂熱！
狂熱！就是狂熱！*

*出自《Hot Hot Soca》專輯。

我在沙地上單腳跪地，假裝在綁鞋帶。
這樣我就不必看見
那些發現我正在看他們的人。

今天早上我們用湯匙吃早餐。

我還是忍不住想知道……
我會思考很長很長的時間：
傑妮薇是不是真的像她說的那樣，做了那些事？

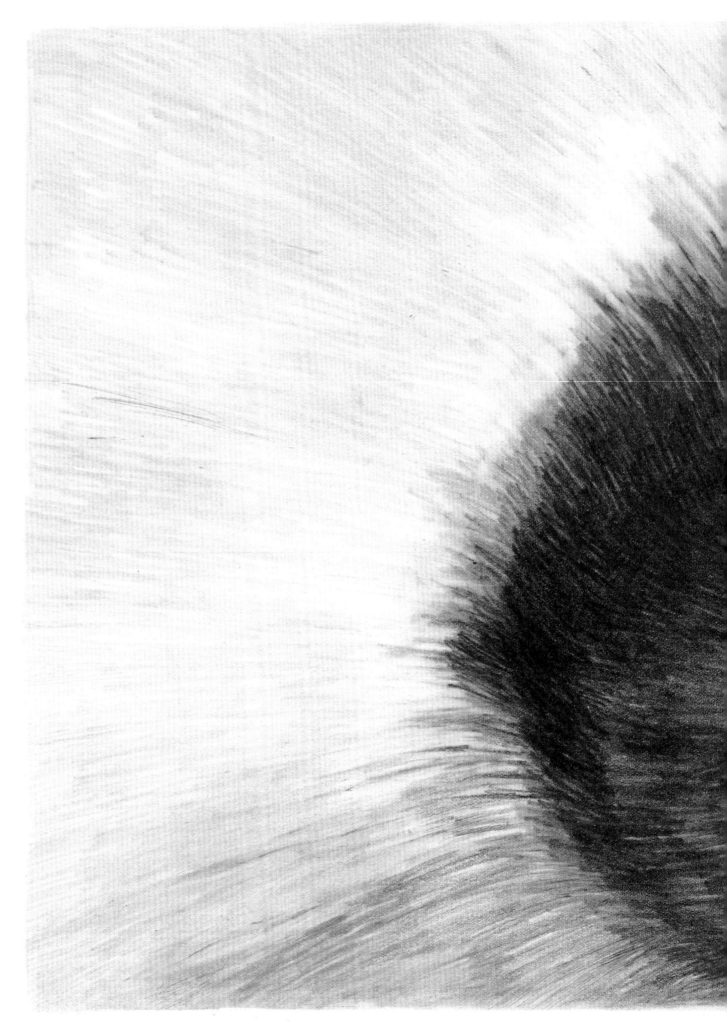

倒數第二天晚上，
我坐在帳篷前的臺階上看《簡愛》。

喀啦！

我聽見一個碎裂聲。
壞兆頭。

他們跑出來折磨我了。

我起身，
準備逃跑，
可是那個碎裂的聲音變得更大聲了。

我往下看。

是一隻狐狸。

一隻活生生的、真正的紅狐狸。

牠小小的。牠有一塊深色的毛皮,在左前腳上面,看起來好像美人斑。

牠的眼光如此和善,我都快要哭出來了。

如果哪個人的眼中有那種感情,
我的靈魂一定會交給他。

我不希望牠跑掉，
我希望牠永遠待在這裡。
我希望牠守護我們的帳篷，
就像一隻鳳凰、一名保鑣，或是一條龍。

有這隻狐狸在帳篷前面，
廢柴們的帳篷已經變成了神奇力量的帳篷。

狐狸向我靠近一步、兩步。

狐狸，我沒有麵包。
不過請你再靠近一點。

來啊。

狐狸靠近了三步、四步。

牠現在只離我指尖幾公分的距離而已。
牠的耳朵豎了起來，
好像在等著我講笑話給牠聽的樣子。

喂！！！

我正準備伸手摸牠的鼻子時，
蘇珊娜・利普斯基的尖叫聲讓牠跳走了。
我不曉得牠到哪裡去了。
牠就這樣消失了，不會再回來了。

你是哪裡來的傻瓜呀？
你不知道靠你那麼近的狐狸
可能有狂犬病嗎？牠有病、牠很危險！
喂！我剛才救了你一命耶。

我不知道，
如果有哪隻狐狸願意靠近我——
116 公斤的我
沒朋友的我
屁股上插了一根叉子的我
穿去年夏天過時款洋裝的我
每個人都討厭的我，連蘇珊娜・利普斯基
也討厭的我——
一隻這麼友善的狐狸，
會瘋了？
有病？
很危險？

我不知道……

廢柴們的帳篷——
還真是有夠積極正面。

羅徹斯特先生愛簡愛。
要她嫁給他。

雖然簡愛怪異又嚴肅，
只穿黯淡的洋裝，
他還是愛她。

多麼美好，又那麼不可思議。

只要有男孩，會愛上穿著水手泳裝、外加能馴服狂犬病狐狸的……「香腸」，
那就是美好的。
只是那不可能發生。

就像《簡愛》的結果一樣，愛上香腸的故事也會以悲劇收場。

就像《簡愛》的結尾，
她會發現男孩已經有一個瘋瘋癲癲的妻子，
被關在別墅的塔樓裡。
所以就算他愛這根穿著泳裝的香腸，
也沒辦法娶她。

所以香腸只好羞愧得離開別墅，
旅行到世界的盡頭。她的心也碎成了千萬片。

就跟《簡愛》一樣，
故事的教訓是「別忘記，你只不過是根悲哀的香腸。」

我幾乎想要撕爛《簡愛》那本書。
這個時候，那位藍眼睛、深色頭髮的女孩走進廢柴們的帳篷。

她被趕到這裡來，
是因為她那間帳篷的女生把她踢出來了。

她討厭那種團體制約。

她聳聳肩膀，告訴我們事情的經過。
還一邊笑，一邊吃掉我給她的水果糖。

她的名字叫做潔洛汀，她一直不斷的眨眼睛。

她說：

Hola，你好嗎？

潔洛汀會一點
西班牙文。

她把她的彩色橡皮筋給了蘇珊娜‧利普斯基，
潔洛汀根本不在乎

自己綁的橡皮筋
是什麼顏色。

跟她在一起，廢柴們不再叫彼此的全名。
我們是露西亞、
蘇珊娜
和伊蓮。

她抓著我的手，把我拉到外面。
她看到森林裡有剛長出來的草莓，
要帶我去看。

她找的是我，不是露西亞或是蘇珊娜，
或是從前她那群勢利鬼朋友。

85

我們花了一個小時
尋找草莓，

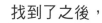
找到了之後，

一塊兒吃掉它。

我告訴她狐狸的事，我講了笑話給她聽。
我已經好幾個月沒有這樣跟人說話了！

你發現一隻藍色大象*時要怎麼辦呢？
逗牠開心啊！

* blue elephant，藍色大象 / 憂鬱大象

潔洛汀笑了。她笑得好大聲，笑到從鼻子噴氣。

她說等她回到蒙特婁的家，要把我說的所有笑話都講給她小弟聽。

他一定會笑翻的。

再多講一些給我聽嘛！

你在看什麼書呀？

好看嗎？

我啊，我喜歡音樂。

我家有披頭四的《白色專輯》*唷。
* White Album，披頭四於英國發布的第九張專輯。

要不要來我家聽？

我要讓你吃看看，我奶奶從格勒諾勃帶回來的甜杏仁。

你有聽過格勒諾勃*嗎？
* Grenoble，法國東南部一座城市

在法國的阿爾卑斯山區唷。

回帳篷的途中，
餐廳裡，巴士上，
高速公路上，回蒙特婁途中，
整個世界突然充滿潔洛汀說的話。

伊蓮的體重是45公斤。

根據醫師的體重計，這比牆上亂塗鴉的壞話
輕很多，不過的確比去年重。

當他宣布體重計上的數字時，我把手放在頭的兩邊，
拉扯頭髮，假裝尖叫，就跟麥片盒上的廣告圖案一樣。

醫師大聲笑了出來。

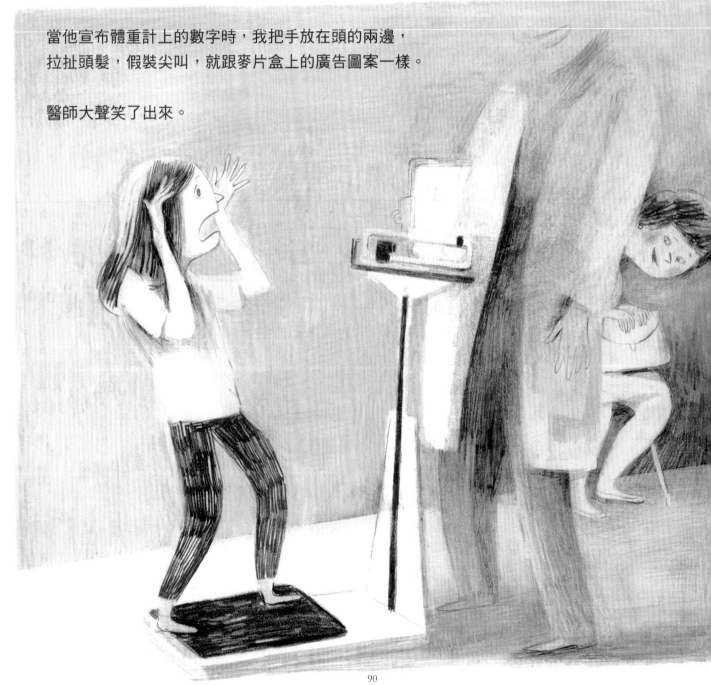

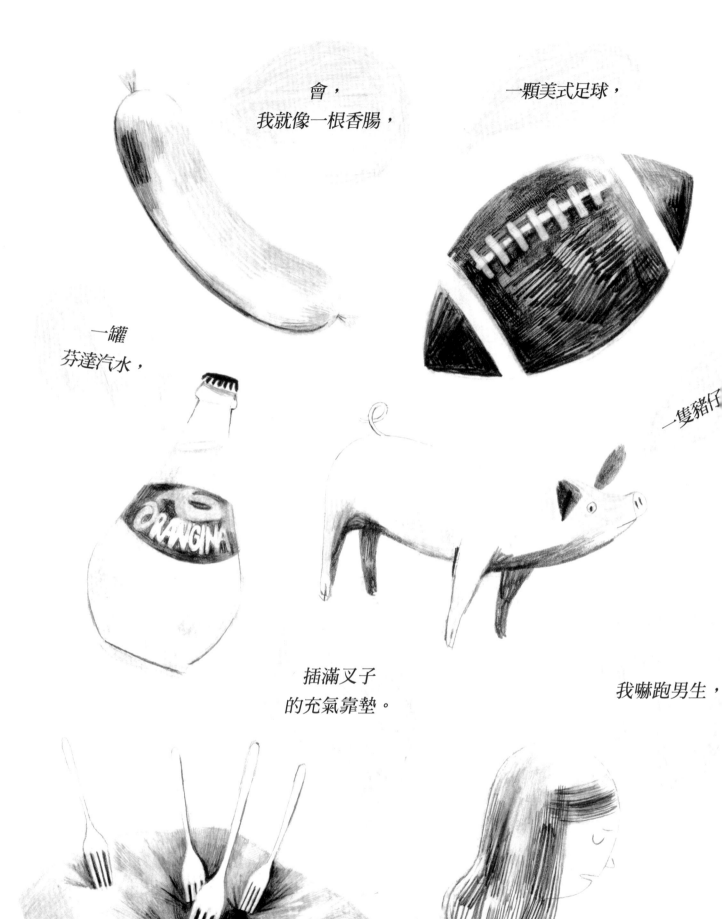

會，
我就像一根香腸，

一顆美式足球，

一罐
芬達汽水，

一隻豬仔

插滿叉子
的充氣靠墊。

我嚇跑男生，

還有狐狸。

媽媽臉紅了。
她自己每次量體重時，也會像麥片盒上的廣告圖案那樣尖叫，
尤其在夏天快到的時候；
或是，就跟《Elle》時尚雜誌上說的一樣，
比基尼季節來了。

你怎麼會有這些怪想法？

喔，從二樓洗手間的牆壁上
藍色樓梯
校園裡
我的置物櫃。

不過，我沒有這樣回答她。

我不希望她難過。話說回來，
我怎麼可能被說成那樣呢？

我開始了解，只要我愈不那樣想，
那些話就愈不真實。

*假期愉快

喔！對了，我忘了，
有一天，簡愛回到桑費爾德莊園，發現那個瘋瘋癲癲的妻子讓莊園付之一炬，
在她死掉之前，還狠狠傷害了羅徹斯特先生。

當簡愛出現在莊園時，
她發現羅徹斯特先生被黑暗籠罩，周圍是他城堡的廢墟。

他殘廢了，瞎了雙眼，憔悴不堪。

不過簡愛依舊愛著他。
他不敢相信。

我也不敢相信。

像那樣的事永遠不可能
出現在現實生活中。

可能嗎?

等潔洛汀放假來我家時，我要借她《簡愛》。

我跟她說，等著看唷，這個故事的結局很棒。

完。

作者簡介
芬妮・布莉特 Fanny Britt
魁北克劇作家、作家及翻譯家。她已經發表過十幾部劇本，翻譯超過十五部劇本。《簡愛，狐狸與我》是她第一部繪本小說作品。

繪者簡介
伊莎貝爾・阿瑟諾 Isabelle Arsenault
魁北克插畫家，榮獲眾多獎項肯定，贏得世界級的讚譽。她的另一本圖畫書作品，瑪克馨・卓拉提耶（Maxine Trottier）寫作的《候鳥》（*Migrant*），贏得《紐約時報》年度最佳童書插畫獎，同時入圍加拿大總督文學獎決選。

譯者簡介
黃筱茵
國立臺灣師範大學英語研究所文學組博士班肄業，曾獲師大英語系文學獎學金。曾任編輯，翻譯書籍逾 150 冊。擔任過聯合報年度好書評審、信誼幼兒文學獎初選評審、文化部中小學優良讀物評審等。長期為報章書本撰寫圖畫書導讀與小說書評，主要可見於《中國時報》開卷版、《國語日報》兒童文學版和 OKAPI 閱讀生活誌等。